はじめて読(よ)む がいこくの物語(ものがたり)

1年生

監修
千葉経済大学短期大学部
こども学科教授
横山洋子

Gakken

はじめて読む がいこくの物語 1年生

もくじ

中国の物語
そんごくう 5
呉承恩『西遊記』より 文・林彩子 絵・いとうみき

ドイツの物語
みつばち マーヤ 31
原作・ワイデマル・ボンゼルス 文・林彩子 絵・にきまゆ

中東の物語
シンドバッドの ぼうけん 53
『アラビアン・ナイト』より 文・林彩子 絵・アンヴィル奈宝子

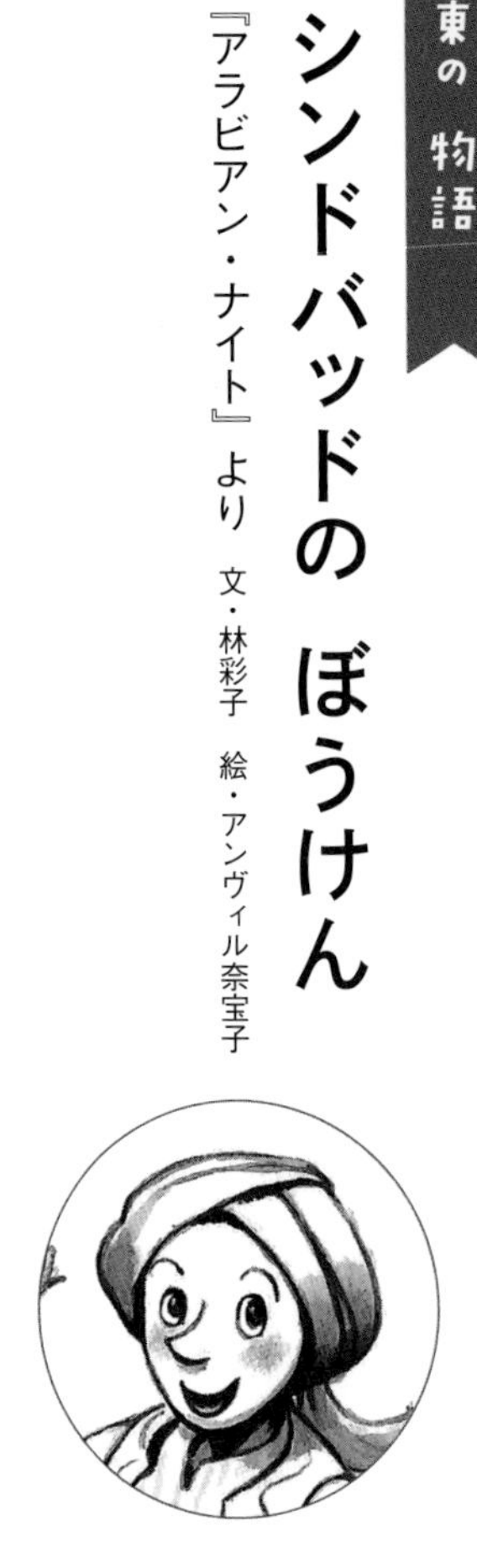

アメリカの 物語

75 **オズの まほうつかい**
原作・ライマン・フランク・ボーム　文・古藤ゆず　絵・平澤朋子

イギリスの 物語

103 **フランダースの 犬**
原作・ウィーダ　文・きたむらすみよ　絵・近藤未奈

スイスの 物語

123 **アルプスの 少女 ハイジ**
原作・ヨハンナ・シュピリ　文・早野美智代　絵・いなとめまきこ

148 **この 本を よんだ あとで**

160 **物語の とびら**（本の うしろから よもう）

中国の　物語

サルの　そんごくうが、ふしぎな　じゅつを　つかって
ようかいと　たたかい、大あばれする　おはなし。

そんごくう

呉承恩『西遊記』より

文・林彩子　絵・いとうみき

石から　生まれた　サル

むかし、中国の　花果山と　いう　山の　石から
サルが　生まれました。
サルの　名まえは、そんごくう。力が　つよくて、
ふしぎな　じゅつも　つかえる　そんごくうは、
ちょうしに　のって　あばれまわって　いました。
ある　とき、おしゃかさま*が　あらわれました。
「そんごくうよ、どうして　わるさを　して、みんなを
こまらせるのですか。」

＊おしゃかさま…仏教を　はじめた　人。かこ・いま・みらいの　うち、いまを　すくう　ほとけ。

「天の　王さまに
なりたいんだ。たくさんの
じゅつを　つかいこなせる
おいらが、えらく　なるのは、
あたりまえだろう。」
「ほう。それでは、わたしの
手が　とどかない　ところまで
いけたら、王さまに　しよう。」
「よし　きた、そんなの
かんたんだい！」

そんごくうは、そう　いうと、
くもの　のりもの、「きんとうん」を
よんで、とびのりました。
きんとうんは、目にも　とまらぬ
はやさで　ひとっとび。
すぐに、おしゃかさまの　かおが
見えなく　なりました。
しばらく　いくと、くもの
むこうに　五本の　はしらが
見えました。

「ちょうど　いい。こんなに　とおくまで　きたと
いう　しるしに、名まえを　かいて　おこう。」
はしらの　一本に　文字を　かくと、
「これで、おいらも　王さまだな。」
と、大いばりで、もどって　きました。
　ところが、おしゃかさまは、
「おろかものめ。わたしの　手のひらの　中を、
くるくる　まわって　いただけでは　ないか。
これを　見なさい。」
　おしゃかさまの　ゆびには、

そんごくうが　はしらに　かいた　文字が　ありました。
「そんな、ばかな！」
そんごくうは　目を　まるく　して　おどろきました。
おしゃかさまは、五本の　ゆびを　山に　かえて、
そんごくうの　上に　のせました。
「五百年ごに、三蔵法師と　いう　おぼうさんが
ここを　とおるから、おともを　するように。
それまで、おとなしく　はんせいして　いなさい。」
おしゃかさまは、山の　てっぺんに　おふだを　はり、
山を　うごかせないように　しました。

三蔵法師の　おとも

それから、五百年が
たった　ある　日。
インドまで　おきょうを*
とりに　いく　とちゅうの
三蔵法師が、そんごくうの
まえを　とおりました。
「三蔵法師さん！　おいらを　山から
たすけて　ください。　おまもりしますから。」

「わかりました、まって　いなさい。」
三蔵法師が　おいのりを　すると、
山に　はって　あった　おふだが、
ひらりと　とれました。
ひさしぶりに　山から　出られた
そんごくうは、はりきって
三蔵法師に　ついて　いきました。
二人が、林の　おくを
あるいて　いる　とき、おそろしい
さんぞくに　おそわれました。

＊おきょう…おしゃかさまの　といた　おしえを　かきまとめた　もの。

「もちものを　ぜんぶ　おいて
いけ！　いう　ことを
きかないと、ひどい　目に
あわせるぞ！」
「おれさまに、そんな　ことを
いって　いいのかな。
ひどい　目に　あうのは、
そっちだ！」
そんごくうは、にょいぼう*を
ふりまわし、あっという　まに

*にょいぼう…おもう　とおりに　のびちぢみし、あやつる　ことが
できる　ぼう。そんごくうの　ぶき。

さんぞくを　やっつけました。
「ひい、ごめんなさい！」
さんぞくが　にげて　いくと、三蔵法師は、
「そんごくうよ、らんぼうは　いけませんよ。」
「やらなけりゃ、こっちが　やられて　いたのに、
なんで、おいらが　おこられるのさ！」
そんごくうは、もんくを　いいました。
すると　三蔵法師は、そんごくうの
あたまに、＊観音さまから　もらった
金の　わを　かぶせました。

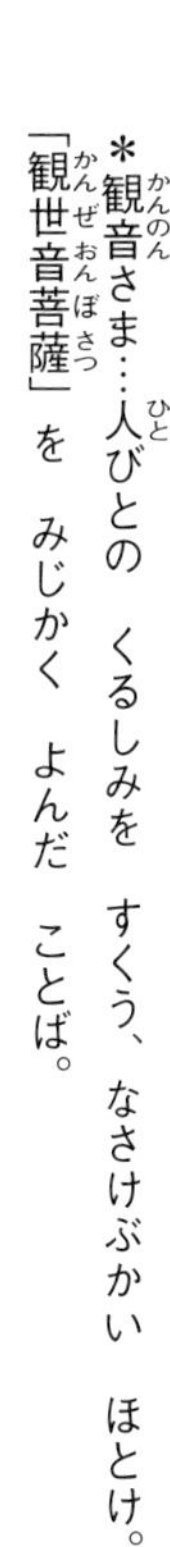

＊観音さま…人びとの　くるしみを　すくう、なさけぶかい　ほとけ。
「観世音菩薩」を　みじかく　よんだ　ことば。

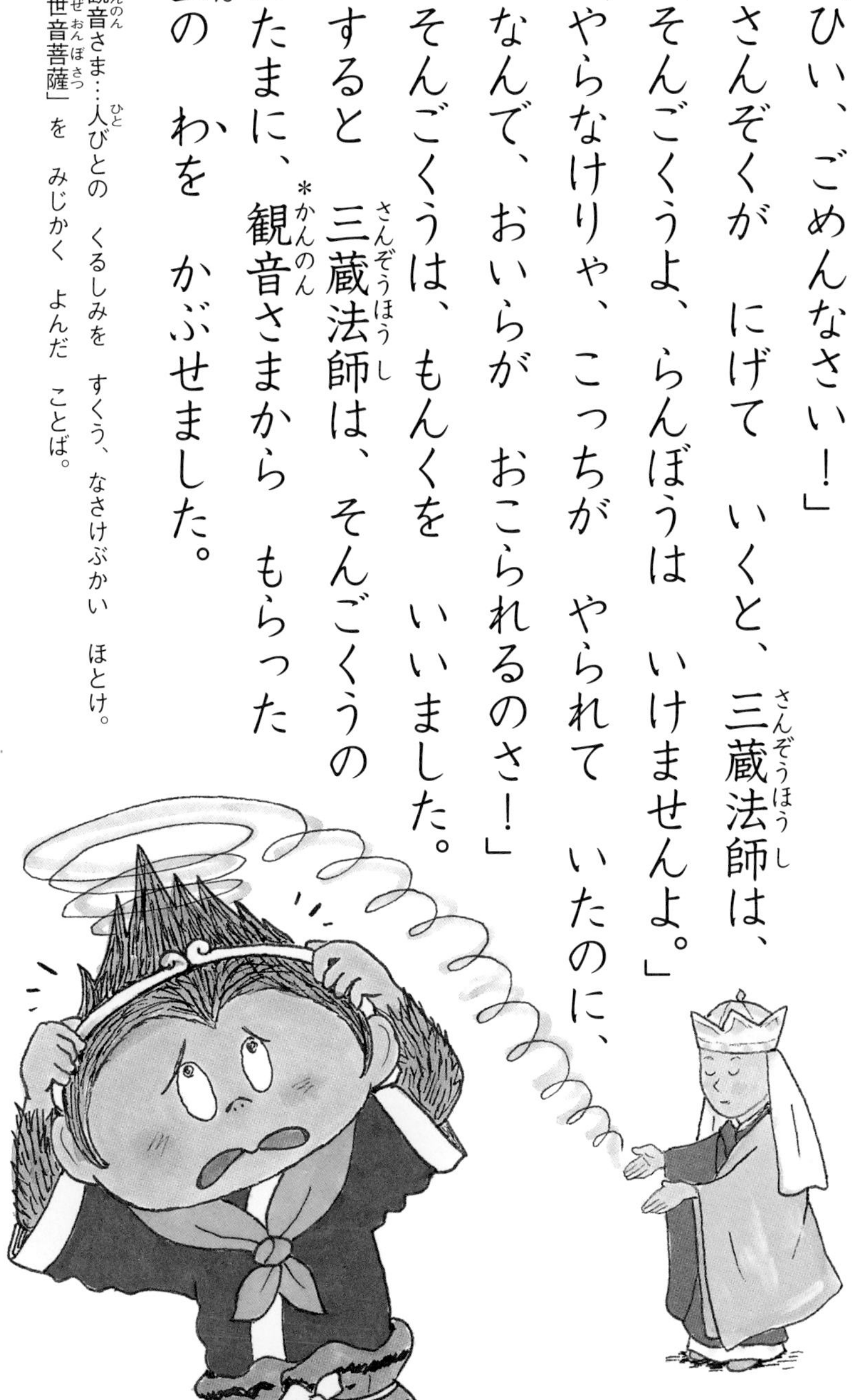

三蔵法師が　じゅもんを　となえると、金の　わは、
きりきりと　そんごくうの　あたまを　しめつけます。
「いててててて……。ごめんなさい。もう、らんぼうは
しません！」

そんごくうは、その　あとも　三蔵法師との　たびを
つづけました。
たびの　とちゅうで、ブタの　ようかい　猪八戒と、
カッパの　沙悟浄も　おともに　くわわりました。
そんごくうと　猪八戒、沙悟浄は、ときどき

けんかも　しましたが、
力を　あわせて
三蔵法師を　まもりながら、
インドへ　むかって
すすみます。
金角と　銀角
けわしい　いわ山へ
むかう　みちを　とおった
ときです。

「この　山には、金角と　銀角と　いう、おそろしい
ばけものが　いるから、気を　つけなさい。」
と、きこりの　おじいさんが　おしえて　くれました。
金角と　銀角は、へんじを　した　ものを　すいこむ、
ふしぎな　ひょうたんを　もって　いると　いうのです。

山を　のぼって　いくと、金角と　銀角が
まちかまえて　いました。ところが、うっかりして
いた　そんごくうは、銀角に　こえを　かけられると、
おもわず　へんじを　して　しまいました。

「おい、おまえが、そんごくうだな。」

「ああ、そうだよ。はっ、しまった……！」

そう　おもった　ときには　もう、ひゅるるんと、

ひょうたんの　中へ　すいこまれて　いました。

猪八戒と　沙悟浄は、三蔵法師を　まもろうと
たたかいましたが、あっさり　つかまって　しまいました。
ひょうたんの　中の　そんごくうは、小さな　虫に
ばけ、そとに　出る　きかいを　うかがって　いました。

そうとも　しらずに、

「そんごくうは、どんな　ようすかな？」

金角が　ひょうたんの　ふたを　あけると……。

「いまだ！」

小さな　虫に　ばけた　そんごくうは、ブーンと
とびだして、金角から　ひょうたんを　うばいました。

「おい、金角、銀角！」
「おう！」
うっかり　へんじを　した
金角と　銀角は、
ひゅるるんと、
ひょうたんへ
すいこまれて　いきました。
　そんごくうは、
なかまたちを　たすけだすと、
また、たびを　つづけました。

まほうの　うちわ　芭蕉扇(ばしょうせん)

にしへ　にしへと　すすんで　いると、火(ひ)に
つつまれた　山(やま)が　あらわれました。
「この　山(やま)を　こえたいけれど、火(ひ)を　けさないと
とおれそうも　ないですね。」
三蔵法師(さんぞうほうし)が　いうと、村(むら)の　人(ひと)が
「この　山(やま)の　火(ひ)を　けすには、とおくの　山(やま)に
すんで　いる　羅刹女(らせつじょ)から、芭蕉扇(ばしょうせん)と　いう、まほうの
うちわを　かりて、あおぐしか　ないですよ。」

と、おしえて　くれました。
「よし　きた。おいらが
いって　こよう。」
そんごくうは、きんとうんで
ひとっとび。
羅刹女（らせつじょ）の　ところまで
やって　きましたが、
「ずうずうしい　やつめ。
おまえなんかに　たいせつな
芭蕉扇（ばしょうせん）は、かさないよ。」

羅刹女は、芭蕉扇で　ぶんっと
あおいで、そんごくうを　ふきとばしました。

ついた　ところは　山の　中。
そこには、観音さまが　いました。
観音さまに　そうだんを　すると、かぜに
とばされなく　なる、ふしぎな　くすりを　一つぶ、
えりに　ぬいつけて　くれました。

「しつこい　やつだね、あっちへ　おいき！」
もどって　きた　そんごくうを、羅刹女は
芭蕉扇で　ぶんっと　あおぎましたが、
びくとも　しません。

こんどは、　羅刹女の　だんなの
牛魔王が　出て　きました。
牛魔王は、　とても　つよい
ようかいです。

　猪八戒、　沙悟浄も
そんごくうと　いっしょに、
たたかいました。

　牛魔王は　ヒョウや、　大きな
白い　ウシに　へんしんして
おそって　きます。

そんごくうも　まけずに、トラや　大きな　サルに
へんしんして　たたかいました。

「まいった、こうさんだ。」
おいつめられた　牛魔王は、
とうとう　芭蕉扇を　わたしました。
「そうれ！」
そんごくうが　芭蕉扇で、火に
つつまれた　山を　あおぐと、
ぱっと　火が　きえました。

もう一ど　あおぐと、つめたい　かぜが　ふき、
さらに　もう一ど　あおぐと、雨が　ふって　きました。
「これで、もう　だいじょうぶ。」
みんな、ぶじに　山を　こえる　ことが　できました。

インドへ

それからも、そんごくうたちは、たくさんの
ばけものと　たたかいながら　三蔵法師を　まもり、
たびを　つづけました。
三蔵法師が　たびを　はじめてから　十四年たち、

ようやく　おしゃかさまが
いる　インドに　つきました。
「よく　がんばりましたね。」
おしゃかさまは、みんなを
ほめて　くれました。
三蔵法師（さんぞうほうし）は、ありがたい
おきょうを　うけとり、
そんごくうたちも
いっしょに、おいしい
ごちそうを　いただいて、

ゆっくりと　休みました。
それから、三蔵法師と　そんごくうたちは、
おしゃかさまの　くもに　のって、あっというまに
中国へ　もどって　いきました。
そんごくうの　あたまに　あった
金の　わも、いつのまにか
はずれて　いたのでした。

ドイツの 物語(ものがたり)

みつばちの 子(こ)ども マーヤが、そとの せかいで
さまざまな 虫(むし)と 出(で)あい、せいちょうする おはなし。

みつばち マーヤ

原作(げんさく)・ワイデマル・ボンゼルス
文・林彩子 絵・にきまゆ

はじめての　しごと

マーヤは、みつばちの　女の子です。
まだ　小さいので、なかまと　くらして　いる
おしろから、出た　ことが　ありませんでした。
でも、あしたは、はじめて　そとへ　出て、
花の　みつを　あつめる　しごとを　します。
「マーヤ、出あった　虫たちには　しんせつに
しなさいね。でも、おそろしい　クモや、
スズメバチには、じゅうぶん　気を　つけるのよ。」

年上の　みつばちが
しんぱいそうに　いいました。

「早く　そとの　せかいを
見て　みたいわ。」
マーヤは　わくわくして、
ほとんど　ねむれませんでした。
そうして　ついに、
まちわびて　いた　あさが
やって　くると……。

マーヤは、あかるい　お日さまの　ひかりの　中へ、
いきおいよく　とびだしました。
ブンブンと　はねを　うごかして、とびまわります。
「これが　お日さまの　ひかり！
これが　花の　におい！
そとの　せかいって、なんて　すてきなんでしょう。
みつを　あつめる　しごとなんて、たいくつだわ。」
いろとりどりの　花や、かがやく　青い　空に
見とれて　いる　うちに、すっかり　よるに　なって
しまいました。

「きょうは、ここに　とまりましょう。」
マーヤは、おしろへ　かえらずに、ふるい　木の
大きな　はの　下に　かくれて　ねむりました。

みどりいろの　虫

あさ、目を　さますと、おなかが　ぺこぺこでした。
あまい　においに　さそわれて、花に　ちかづくと、
中から　みどりいろの　虫が　出て　きました。
マーヤが　ほかの　虫を　見るのは、はじめてです。
「やあ、わたしは　ハナムグリの　ペピー。いっしょに

あさごはんは
いかがかな。」
「ぜひ　いただくわ。」
ペピーが、花の　中へ
まねきいれて　くれました。
マーヤは、みつを
ぺろりと　なめて
みました。
「バラの　花の　みつだよ。
お気に　めしたかな。」

「ええ、おいしいわ！　ごちそうさまでした。」

マーヤは、ペピーに　手を　ふって　とびたちました。

コガネムシの　クルト

しばらくすると、雨が　ふって　きました。
はねが　ぬれないように、マーヤが　ツリガネソウの
花の　中で　雨やどりを　して　いると、
「おれさまの　おとおりだ。」
と　いう　こえが、下の　ほうから　きこえて
きました。

「コガネムシの
クルトさまの
おとおりだ。」
ところが　クルトは、
そう　いった　とたん、
足（あし）を　すべらせて、
じめんに　ひっくりかえって　しまいました。
「たすけて　くれえ。おれさまは、一人（ひとり）では
おきあがれないのだ。」
足（あし）を　ばたばたさせて、さけんで　います。

「まあ、たいへん！
　これに　つかまって。」
　マーヤは　そばに
生えて　いた　ほそい
草を、クルトの
あたまの　上へ、
たらして　あげました。
　クルトは、ようやく
おきあがると、
「たすかったよ。

「どうも　ありがとう！」
なんども　おれいを　いって、さって　いきました。
マーヤは、それからも　おしろには　かえらず、
そとの　せかいを　たんけんして　すごして　いました。
ある　日(ひ)、花(はな)に　むかって　とんで　いると、
べたっ！　きゅうに　はねが　うごかなく　なりました。
「え？　どう　したのかしら。」
はねに　べたべたした　糸(いと)が　ついて、はなれません。
糸(いと)を　とろうと　すれば　するほど、はねにも
からだにも　からまって　しまいます。

そこへ、大きな
ちゃいろい　クモが
ちかづいて　きました。
「ひっひっひ。おいしそうな、
みつばちが　かかったな。
あとで　ゆっくり
いただくと　しよう。」
マーヤは、クモの　すに
かかって　しまったのです。
「だれか、たすけて！」

ひっしに　さけんで　いると、
「だれだ？　どう　した？」
下の　草の　中から、コガネムシの　クルトの
こえが　しました。
「上を　見て！　わたしよ、マーヤよ。」
「よし、おれさまに　まかせろ。」
クルトは、草を　つたって
クモの　すまで　ちかづくと、
クモの　糸を　きって、
たすけて　くれました。

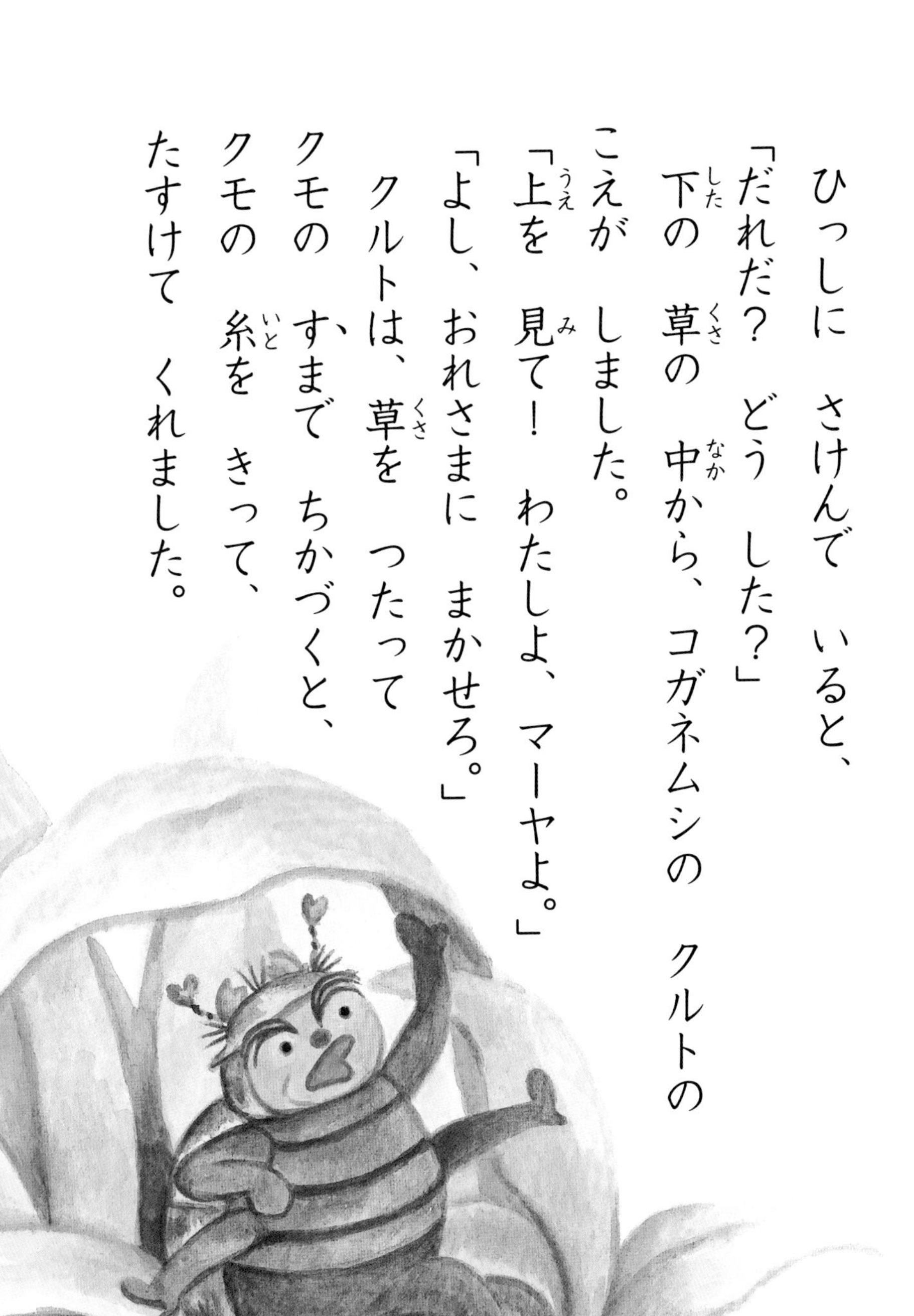

　そとの　せかいの　おそろしさを　しった　マーヤは、しばらく　ふるえて　いました。それでも、また　お日(ひ)さまの　ひかりの　中(なか)を　とべると　おもうと、うれしく　なり、げん気(き)を　とりもどしました。

「クルトさん、ありがとう　ございました！」

　マーヤは、ていねいに　あたまを　下(さ)げました。

「この　あいだの　おかえしが　できて、よかったよ。こまった　ときは、おたがいさまさ。」

　クルトは、てれたように　いうと、さって　いきました。

スズメバチ

　とても　こわい　おもいを　した　マーヤは、
しばらく　休もうと、いい　においの　する
花の　上に　とまりました。
　その　ときです。きゅうに、うしろから
くびを　おさえつけられました。
おそろしい、スズメバチの　へいたいです。
「きゃあ！」
　マーヤは　さけんで、

ばたばたと　にげようと
しましたが、かないません。
「おとなしく　しな。
女王さまの　えさに
して　やる。」
マーヤは、スズメバチの
おしろに　つれて　いかれ、
くらい　へやに、
とじこめられて
しまいました。

マーヤが　へやで
じっと　して　いると、
スズメバチの　女王が、
へいたいたちに　はなす
こえが　きこえました。
「あしたの　あさ、
みつばちの　しろを
おそう。きょうは、
ゆっくり　休みなさい。」
マーヤは　ぞっと　しました。

「たいへん！　わたしの　おしろが　おそわれる！
早く　みんなに　しらせなくっちゃ！」

よるに　なると　マーヤは、かべを　すこしずつ
ほって、小さな　あなを　あけ、やっとの　おもいで、
へやから　ぬけだしました。
見つかったら　いのちは　ありません。
いきを　ひそめて　入り口まで　すすみ、なんとか
スズメバチの　おしろから　にげだしました。

マーヤは、よるの　空(そら)を
とびつづけました。
ようやく　みつばちの
おしろに　もどると、
マーヤは、いきを　きらせて
いいました。
「女王(じょおう)さま、たいへんです！
あしたの　あさ、
スズメバチが　ここを
おそって　きます！」

女王さまは　おどろきましたが、おちついて、こう
いいました。
「みんなで　力を　あわせれば、だいじょうぶよ。
入り口を　ふさいで、まちぶせを　しましょう。」
あさに　なりました。おそろしい　うなりごえを
上げ、スズメバチの　たいぐんが　おそって　きました。
スズメバチは、みつばちよりも　ずっと
大きく、力も　つよいのです。
しかし、じゅんびが　できて　いたので、
スズメバチを　おいかえす　ことが　できました。

女王さまは、マーヤを　ほめて　くれました。
「あなたの　おかげで、おしろを　まもる　ことが
できました。ありがとう。」
「わたしは　ながい　あいだ、しごとを　せずに、
あそんで　いました。ほめられるような　子では
ありません。」
マーヤが　うつむくと、女王さまは　いいました。
「あなたは、なかまを　すくう　ために、ゆうきを
出して、もどって　きたでは　ありませんか。
あなたが　ぼうけんで　学んだ　ことを、

みつばちの　おしろの
ために、やくだてて
ください。
あなたなら、きっと
できる　はずですよ。」
マーヤの　こころは、
うれしさで
いっぱいでした。

中東の物語

ふなのり　シンドバッドの　しんじられないような、
大ぼうけんの　おはなし。

シンドバッドの ぼうけん

『アラビアン・ナイト』より
文・林彩子　絵・アンヴィル奈宝子

ぼうけんの　はじまり

　わたしの　名まえは、シンドバッド。いままでは
すっかり　年を　とって　しまったが、わかい　ころは
大ぼうけんを　したものさ。
　ある　とき、しょうばいを　しようと　おもってね。
いえを　うった　お金で、しなものを　かって、
*バグダッドから　ふねに　のった。
　なん日も　なん日も　うみを　すすんだ　ある　日、
草で　おおわれた、小さな　しまを　見つけて

下りたんだ。
「おちゃでも、のもう。」
と、だれかが　いって、
たき火を　はじめた　ときだ。
きゅうに、ぐらぐらぐらぐらと、
じしんが　おきた！
「なんだ、なんだ？」
みんなが　あわてて
いると、しまが　どんどん
うみに　しずんで　いく。

＊バグダッド…イラク共和国に　ある　大きな　町。
むかしから、しょうばいが　さかんだった。

「おーい、早く　ふねに　もどるんだ！」
せんちょうの　さけぶ　こえが　きこえたと
おもった　その　とき――　ザバーン！
しまから、ふん水のように　水が　ふきあがり、
みんな　うみに　なげだされて　しまった。
じつは、しまだと　おもったのは、せ中に　こけの
生えた、とても　大きな　クジラだったんだ。
せ中の　上で、わたしたちが、火を　おこした
ものだから、クジラは　あつさに　おどろいて、
うみに　もぐったと　いう　わけだ。

わたしは、うみに　なげだされた　まま　気を　うしなって　しまって、気が　ついた　ときには、べつの　しまに　うちあげられて　いた。

「ここは、どこだろう。」

しまの　中を　たんけんして　いた　とき、ウマを　つれた　男たちに　出あった。かれらの　王さまが、わたしの　せわを　して　くれる　ことに　なったよ。

それから、しばらく　その　しまで　くらし、いえが　こいしく　なって　きた　ころ、わたしが　のって　いた　ふねが、ぐうぜん　みなとに　やって　きた。

せんちょうに　こえを　かけると、せんちょうは、
「よかった、生きて　いたのか！」
「ああ、あずけて　いた、にもつを　おろして　くれ。」
わたしは、つんで　あった　ものを、この　くにで
うる　ことに　した。どれも
たかい　ねだんで　うれたよ。
その　おかげで、わたしは
大金もちに　なって、
バグダッドに　かえる　ことが
できた。

これが、わたしの　はじめての　ぼうけんさ。

二どめの　ぼうけん

それから、バグダッドで　ぜいたくに　くらして　いたんだが、また　ある　とき、*こうかいに　出(で)た。いくつかの　しまを　めぐった　あとで、木(き)が　生(お)いしげった、うつくしい　しまに　やって　きた。

「人(ひと)が　すんで　いる　ようすが　ないなあ。」

わたしが　そう　いうと、

「そうだな。この　しまで　しなものを　うるのはあきらめて、すこし　のんびりしよう。」
と、みんな、すきな　ことを　して　すごしたよ。
わたしは、木かげで　休んで
いる　うちに、うとうとと、
いねむりを　して　しまった。
ふと　目を　さましたら、
ふねが　見あたらない！
わたしが　ねて　いる
あいだに、出ぱつしたんだ。
「どう　しよう……。」

＊こうかい…ふねで　うみを　わたる　こと。

たかい　木に　のぼって、　あたりを　見まわして
みた。　すると、　森の　おくに　白くて　まるい、
やねのような　ものが　見えた。
「あそこに、だれか　すんで　いるかも　しれないぞ。
　いって　みよう。」
ちかづいて　みると、　それは　白くて　大きくて、
まるい　たてものだった。
「おかしいな、　入り口が　どこにも　ないぞ。」
　そう　おもった　とき、　きゅうに　空が　くらく　なり、
とてつもなく　大きな　トリが　とんで　きた。

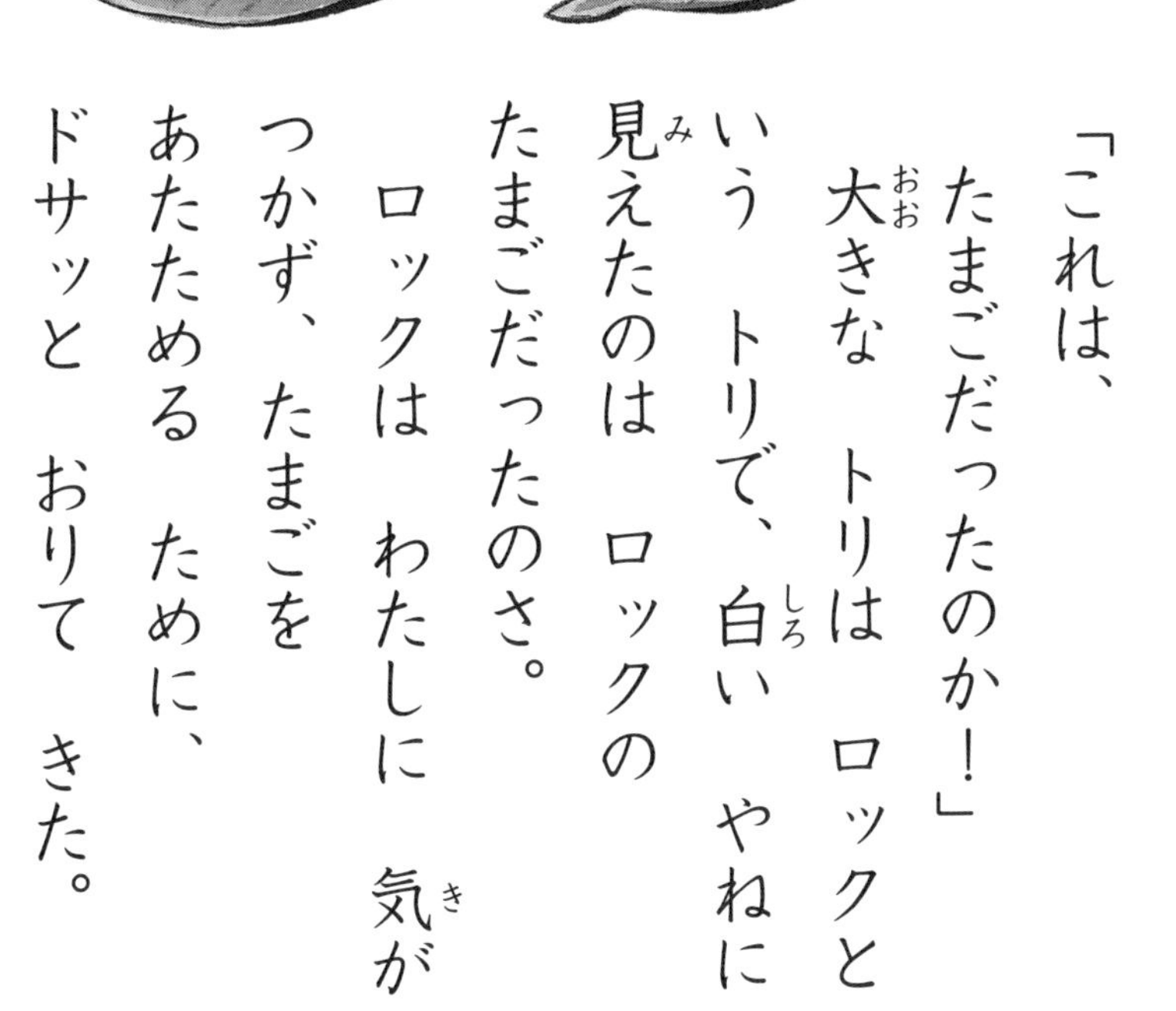

「これは、
たまごだったのか！」
大きな　トリは　ロックと
いう　トリで、白い　やねに
見えたのは　ロックの
たまごだったのさ。
ロックは　わたしに　気が
つかず、たまごを
あたためる　ために、
ドサッと　おりて　きた。

わたしは、ここで　ひらめいたよ。ロックに
くっついて　いけば、この　むじんとうから
出(で)られるかも　しれないってね。
そこで　よるに　なると、ロックが　ねて　いる
すきに、そうっと　ちかづいた。それから、わたしは
あたまに　まいて　いた　*ターバンを　ほどき、
ロックの　足(あし)に　じぶんの　からだを　くくりつけたんだ。
「ようし、これで　たすかるぞ。」
よくあさ、ロックは、ぶわっと　つばさを　ひろげて
とびたった。

＊ターバン…インドや　中東(ちゅうとう)の　くにで、男(おとこ)の　人(ひと)が　あたまに　まく　ながい　ぬの。

しばらくは、まっすぐに
とんで　いたけれど、
きゅうに　たにまに
むかって　おりて　いった。
じめんに　つくと、
わたしは　すばやく
ターバンを　ほどき、
ロックから　はなれた。
ロックは、じめんを
はいまわる　大(おお)ヘビを

つかまえ、また　つばさを　ひろげて　とんで　いった。
おどろいて　その　ようすを　見て　いたが、ふと、
あたりを　見わたすと、そこは　ふかくて　けわしい
たにそこだったんだ。

たにそこに　あった　もの

「こんなに　ふかい　たにそこから、どう　やって
出れば　いいんだ！　こんな　ことなら、さっきの
しまに　いた　ほうが、まだ　ましだったな。」
ためいきを　ついて　下を　むくと、

そこには　きらきらと
かがやく　ダイヤモンドが、
ごろごろ　ころがって
いたんだ！
「わあ、ダイヤだ！」
　こうふんして、
ポケットが　いっぱいに
なるまで、むちゅうで
ひろった。
　けれど、こんなに

ダイヤモンドが　たくさん　あっても、ここから
出(で)られないんじゃあ、なんの　いみも　ない。
「うーん、どう　しよう。」
その　とき、いわの　おくに　なにか　うごく
ものが　見(み)えた。
目(め)を　こらして　見(み)ると、大(おお)きな　ヘビが、
かぞえきれない　くらい　うじゃうじゃと　いた。
ゾウを　まるのみできそうな　ほど
大(おお)きな　ヘビだ。
早(はや)く　ここを　出(で)なければ！

かんがえて　いると、大きな　にくが　空から　おちて　きた。

「そうか！」

そこで　わたしは、ある　しょう人の　はなしを　おもいだしたよ。たにそこに　大きな　にくを　おとすと、ダイヤモンドが　にくに　ささる。その　にくを　大きな　トリに　はこばせ、すで　まって　いれば、ダイヤモンドが　手に　入る、と。

つまり、にくに　つかまって　いれば、この　たにそこから　出られるって　わけさ。

わたしは、ターバンを
ほどいて、じぶんの
からだを　にくに
くくりつけた。
さっそく　大(おお)きな
トリが　とんで　きて、
にくを　つかむと、
わたしを　くっつけて、
すへと　もどって
いった。

トリが　すに　にくを
おろすと、
「わあわあ！」
男たちが　大きな　こえを
出して、ぼうきれを
ふりまわしながら、
ちかづいて　きた。
　トリは　おどろいて、すに
にくを　おいた　まま
とびたって　いった。

　トリを　おいはらった
男たちは、すの　中に　いる
わたしを　見て、おどろいて
いたよ。

　わたしは、つぎに　いった
しまで　ダイヤモンドを
うって　大もうけしてから、
バグダッドに　かえった。

　これが、わたしの
二かいめの　ぼうけんだよ。

それからも、　おそろしい　きょ人に　あったり、
うみの　かいぶつに　おそわれたり、　いろいろな
ぼうけんを　した　ものだ。　のんびり　くらして　いる
いまでは、　どれも　いい　おもい出さ。
どうだい、　きみも　ゆう気を　もって、
ぼうけんに　出かけて　ごらんよ。

アメリカの 物語

まほうの　くにに　まよいこんだ　女の子　ドロシーと、
なかまたちの　ふしぎな　たびの　おはなし。

オズの まほうつかい

原作・ライマン・フランク・ボーム
文・古藤ゆず　絵・平澤朋子

オズの　くにへ

アメリカの　カンザスに、ドロシーと　いう
女の子が　いました。かれはてた　大草げんの
一けんやに、ヘンリーおじさんと　エムおばさん、
なかよしの　犬の　トトと　すんで　います。
ある　日、ゴオーッと　かぜの　音が　しました。
「たつまきだ！」
「ドロシーも　早く　ちかしつに　入って！」
おじさんと　おばさんが　いいました。

へやに　いた　ドロシーが　トトを　さがして
いると、いえが　ぐらりと　ゆれ、バキバキッ！
たつまきに　ふきとばされました。

「まあ、いえが　空に　うかんで　いるわ！」
いえは　空を　とびつづけました。

ズッシーン！
しばらくして、いえが、どこかに　つきました。
そとへ　出ると、草げんに　きれいな　花。木には
くだものが　いっぱい。ドロシーが　見とれて　いると、
「オズの　くにへ　ようこそ。わるい　まじょを
たおして　くれて、ありがとう。」
ふしぎな　かっこうの　女の　人が　いいました。

「えっ、わたし、まじょなんて
たおして　ないわ。」

「あなたの　いえが、わるい
ひがしの　まじょの　上に
おちたの。
わたしは、きたの　まじょ。」

見ると、ドロシーの
いえの　下から、ぎんの
くつを　はいた　二本の
足が　出て　いました。

足(あし)は、　たいようの　ひかりを
あびると、　すうっと　きえて、
ぎんの　くつだけが　のこりました。
「これは、　まほうの　くつ。
あなたの　ものよ。」
「ありがとう。　でも、　わたしは、　カンザスに
かえりたいんです。　どう　すれば　かえれますか？」
「エメラルドの　みやこに、　オズの　まほうつかいが
います。　オズに　たのんで　ごらんなさい。」
ドロシーは　ぎんの　くつを　はき、　トトと

エメラルドの　みやこへ　いく　ことに　しました。

たびの　なかま

おしえられた　とおりに、きいろい　レンガの
みちを　あるいて　いくと、トウモロコシばたけが
ありました。
「やあ、おいらを　ぼうから　はずして　おくれよ。」
ドロシーに　はなしかけて　きたのは、かかしです。
「あなた、しゃべれるの？」
ドロシーは、かかしを　はずして　やりました。

「わたしは　ドロシー。カンザスに　かえしてって
オズの　まほうつかいに、おねがいしに　いくの。」
「それなら、おいらも　ねがいが　ある。
おいら、あたまの　中に　わらが　つまってるから、
のうみそが　ほしい。じぶんで　かんがえたいんだ。」
そこで、かかしも、ドロシーと　いっしょに　いく
ことに　なりました。

森の　みちを　いくと、ブリキの　きこりが
いました。

かたまった　まま、
うごけないようです。
「だれか、ぼくに　あぶらを
さして　くれないか。」
ドロシーが、こやから
あぶらを　とって　きて
さして　やると、きこりは
うごきだしました。
「ありがとう。でも、ぼくは
ブリキで　できて

いるから、こころが　ないんだ。

あたたかい　こころが　あったら　いいのに。」

「オズに　おねがいすると　いいわ。」

こうして、きこりも、いっしょに　いく　ことに
なりました。

ドロシーは、かかしと　ブリキの　きこりと
森(もり)を　すすんで　いきます。
すると　とつぜん、「ガオーッ！」と　ライオンが
あらわれ、トトに　かみつこうと　しました。

「やめなさい！　大きな
ライオンの　くせに、
なぜ　小さな　犬を
いじめるの。」
すると、ライオンは
しゅんと　して
いいました。
「ぼくは　ライオンなのに、
よわ虫なんだ。ああ、
ゆう気が　ほしい。」

「では、オズに　おねがいしましょう。」
こうして　ライオンも、なかまに　なりました。

しばらく　すすむと、ふかい　たにが　ありました。
どう　やって　わたろうかと、みんなで
かんがえて　いると、かかしが　いいました。
「ブリキの　きこりに、むこうがわへ　木を
きって　もらえば、はしが　できるよ。」
そこで、きこりが　木を　きりたおし、たにに
はしを　かけて、わたりはじめました。

すると、からだは　クマで、あたまは　トラの
おそろしい　かいぶつが　おいかけて　きたのです。
「いそげ！　早く　わたるんだ！」
ライオンは　そう　いうと、ふるえながら、
かいぶつに　むかって、うなりました。
みんなが　とぶように　はしを　わたると、
すぐに　きこりが　おのを　ふりあげました。
ガツン　ガツン　ガツン！
力いっぱい、はしを　きりおとします。
かいぶつは、たにそこへ　おちて　いきました。

エメラルドの　みやこ

こうして　みんなで
力(ちから)を　あわせ、ようやく
エメラルドの　みやこへ
つきました。
みやこの　もんには、
エメラルドが　びっしり。
うつくしい　みどりいろに
かがやいて　います。

ドロシーは、おしろの　もんばんに　たのみました。
「オズに　あわせて　ください。」
「ならば、この　めがねを　かけるように。
　エメラルドの　かがやきから
目を　まもる　ためだ。」
みどりいろの　めがねを
かけて、オズの　へやに　入った
ドロシーは、びっくり。
いすの　上に、大きな
あたまが　のって　いたのです。

ドロシーが、カンザスに　かえりたいと
おねがいすると、オズは　いいました。
「わるい　にしの　まじょを　たおしたら、
ねがいを　かなえて　やろう。」
ドロシーたちは、にしへと、むかいました。

すすんで　くる　ドロシーたちを、
にしの　まじょが　見つけました。
ずっと　とおくまで　見える　目が　あるのです。

「わたしの　くにに　かってに
入るとは、ゆるさん！」
にしの　まじょは　おこって、
まほうの　金の　ぼうしを　かぶり、
じゅもんを　となえました。
「エッペ　ペッペ　カッケ！」
はねの　生えた　大きな　サルが
あらわれ、ドロシーたちを
つかまえて、にしの　まじょの
おしろへ　つれて　いきました。

ドロシーは、まじょの　めいれいで、なべみがきや、
ゆかそうじ、かまどの　火の　ばんを　させられました。
「おや、この　子は、まほうの　ぎんの　くつを
はいて　いるじゃ　ないか。ほしい　ほしい！」
まじょは、ドロシーを　わざと　ころばせ、くつを
かたほう、ぬすみました。
「まあ、わたしの　くつを　かえして！」
おこった　ドロシーは、バケツの　水を　まじょの
あたまから　バッシャーン！
「ギャア！　わたしは　水に　ぬ……れ……ると……。」

まじょは、みるみる、
とけて　しまいました。
「やった、
にしの　まじょを
たおしたわ！」
ドロシーは、ぎんの
くつを　とりもどし、
なかまと　いっしょに、
エメラルドの　みやこへ
いそぎました。

オズの　まほう

いよいよ、ねがいが　かなう　ときです。
ところが、そこに　いた　オズは、大きな
あたまでは　なく、にんげんの　男の　人でした。
むかし、オズの　くにへ　まよいこんで　きた　人が
ずっと、まほうつかいの　ふりを　して　いたのです。
しかし、オズは、かかしの　あたまに、もみがらの
のうみそを　つめました。きこりの　むねには、きぬで
つつんだ　あたたかい　こころを　入れました。

ライオンには、ゆう気が
出る、のみもの。
「おいらは、のうみその
ある　かかしだ！」
「ぼくには、あたたかい
こころが　ある。」
「ゆう気が　どんどん
わいて　きたぞ！」
みんな、
大よろこびです。

　ほんとうは、　たびの　あいだに、　ねがいは　かなって
いたのです。

　かかしは　ちえを　つかい、　いい　アイデアを
出(だ)しました。　きこりは　いつも　なかまを　おもい、
ライオンは　ゆうかんに　なりました。

　オズは、　ドロシーに　いいました。

「気(き)きゅうで、　いっしょに　カンザスへ　かえろう。」

「まあ、　うれしい！」

　ところが　出(しゅっ)ぱつの　とき、　トトが　にげだしました。

　ドロシーが　トトを　おいかけて　いる　うちに、

気きゅうは　とんで　いって　しまったのです。
「わたしは　カンザスに　かえれないのね……。」
ドロシーの　目から、なみだが　あふれました。

すると、みどりいろの　へいたいが　いいました。
「みなみの　まじょなら、かえる　ほうほうを　しって
いるかも　しれません。」
ドロシーは、みなみへ　いく　ことに　しました。
もちろん、なかまたちも　いっしょです。
みなみの　まじょは、とても　うつくしい　人(ひと)でした。
「どう　したら、カンザスへ　かえれるでしょうか。」
「あなたの　ぎんの　くつは、まほうの　くつ。
かかとを　三かい　うちならして、ねがいを　いうの。

しって　いれば、すぐに　カンザスへ　かえれたのよ。」
「えっ、そうだったの……。
でも　しって　いたら、
みんなには　あえなかった。
ここまで　こられたのは、
みんなの　おかげよ。」
ドロシーは、
なかまたちを
だきしめました。
「みんな、ありがとう。」

ドロシーは　トトを　だくと、くつの　かかとを、トン　トン　トン。

「カンザスの　わたしの　いえへ！」

あっというまに　ドロシーは　空へ　まいあがり、気づくと　そこは、カンザスの　大草げんでした。

「おじさん、おばさん、ただいま！」

イギリスの 物語(ものがたり)

まずしい 男(おとこ)の子(こ) ネロと、犬(いぬ)の パトラッシュの
つよい きずなを えがいた おはなし。

フランダースの 犬(いぬ)

原作(げんさく)・ウィーダ
文・きたむらすみよ 絵・近藤末奈

パトラッシュ

　ベルギーの、フランドル*と　いう　ところに、おじいさんと、まごの　ネロが　すんで　いました。おじいさんは、ぼくじょうの　ミルクを、町(まち)へ　はこぶ　しごとを　して　います。
　ネロは　まだ　小(ちい)さいので、おじいさんの　に車(ぐるま)の　あとに　ついて　いくだけです。
　ある　なつの　日(ひ)、おじいさんと　ネロは、みちに　たおれて　いる　犬(いぬ)を　見(み)つけました。

「ネロ、川の　水を　この
犬に　やって　おくれ。」
おじいさんに　いわれた
ネロは、川の　水を
バケツに　入れると、犬に
のませて　やりました。
やがて、犬は　すっくと
立ちあがり、「ワン」と
ほえると、しっぽを
ふりました。

＊フランドル…「フランダース」の　フランス語の
よみかた。「フランダース」は　えい語の　よみかた。

二人は、犬を　つれて　かえり、パトラッシュと
名づけて、いえで　かう　ことに　しました。
ある　日の　こと、おじいさんが　しごとに
出かけようと　すると、に車の　ぼうを、
パトラッシュが　くわえて　います。
（おじいさん、ぼくにも　しごとを　手つだわせて
ください。）
それを　見た　おじいさんは、パトラッシュが
に車を　ひきやすいように　して　あげました。
やがて、おじいさんは　年を　とり、

だんだん　しごとが
できなく　なって
きました。
すると、ネロが
いいました。
「おじいさん、これからは、
ぼくが　ミルクを
はこぶよ。
パトラッシュが　いれば、
だいじょうぶだよ。」

まい日休まず、はたらく　ネロたちを
見て、町の　人は　ほめて　くれたり、いえの
たべものを　わけて　くれたり　しました。

教会の　え

ネロには、町へ　いくと、よく　いく
教会が　ありました。
教会の　まえには、いつも　もんばんが　いるので、
パトラッシュは、中に　入る　ことが　できません。
「ああ、あれが　見られたら　いいのに……。」

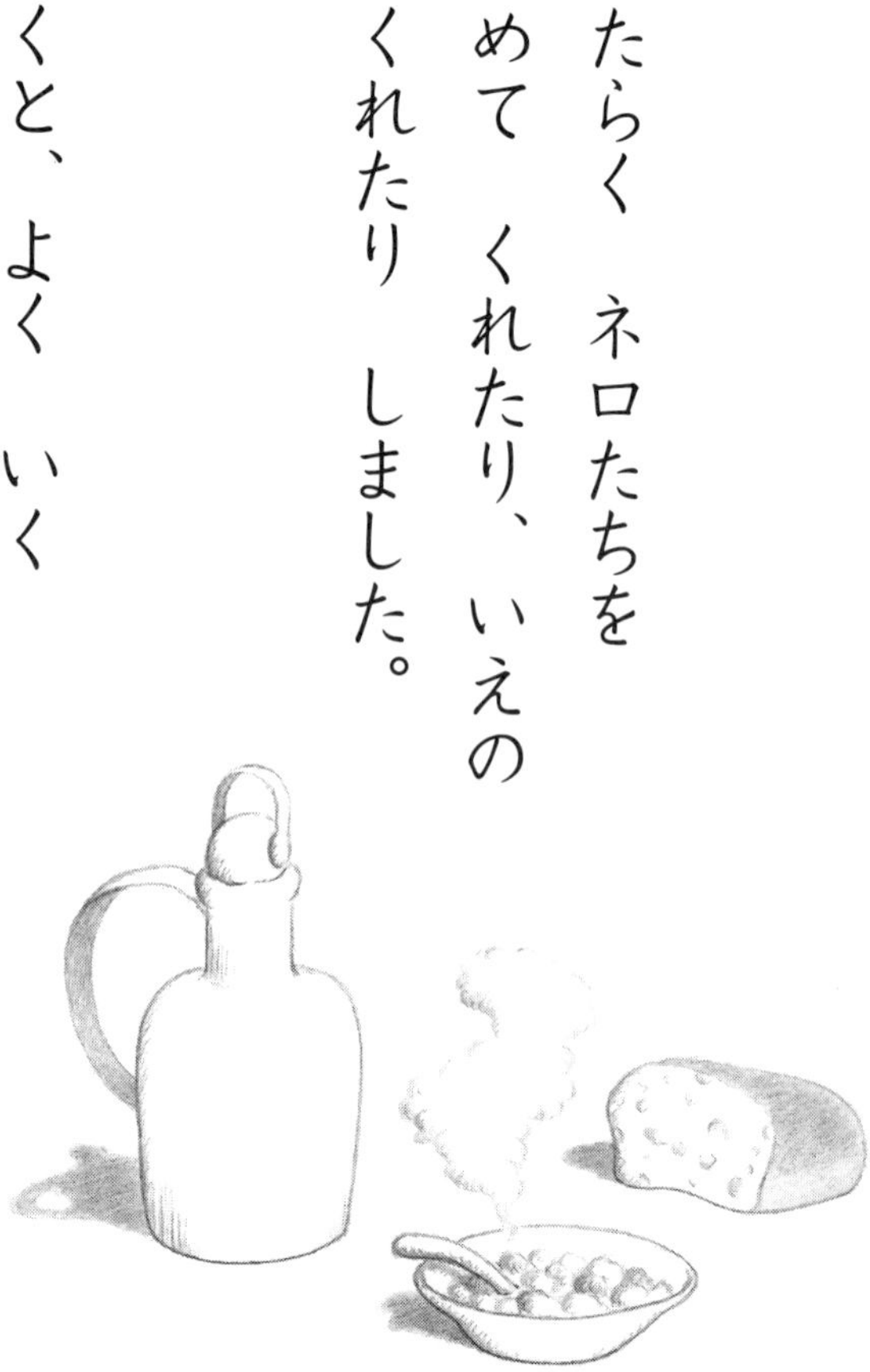

教会から　出て　くる　ネロは、かならず　そう
いって、しょんぼりして　しまいます。
（いったい、この　中に、なにが　あるんだろう。）
ネロの　ことが　しんぱいな
パトラッシュは、ある　日、
もんばんが　いない
すきに、教会の　中へ
入って、ネロを
おいかけました。

教会の　おくには、ぬので　おおわれた　二まいの
えが　あり、ネロが　その　まえに　立って　います。
「これは、＊ルーベンスが、かいた　えなんだ。お金を
はらった　人しか、見られないんだよ。」
ネロは、いつか　じぶんも　ルーベンスのような
えかきに　なりたいと　おもって　いました。
しごとが　おわると、ネロは　いつも　石の　上に
すきな　えを　たくさん　かいて、パトラッシュに
見せて　くれます。
（ネロ、えを　かいて　いる　ときの　あなたの　目は、

＊ルーベンス…ヨーロッパを　だいひょうする、ベルギー生まれの　えかき。

とても、きらきらして　いますよ。）
パトラッシュには、ネロが
どれほど　ルーベンスの　えを
見(み)たいのか、わかりました。

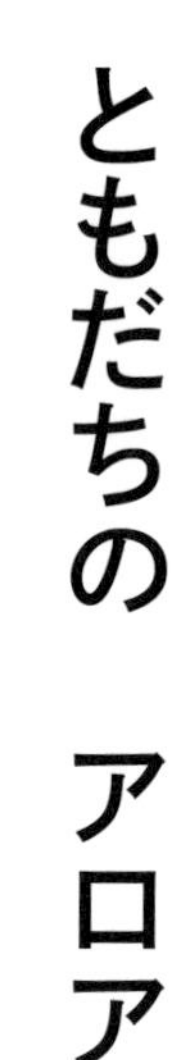

ともだちの　アロア

それから
なん年か　たった
ある　日、ネロは、
ともだちの
アロアが　すむ、
おかの　上に　ある
風車ごやの　まえで、
えを　かいて　いました。

「あんな　びんぼうな　子(こ)が、わしの　むすめと
なかよく　するとは、けしからん。」
お金(かね)もちな　アロアの　おとうさんは、まずしい
ネロの　ことを、よく　おもって　いませんでした。
ある　とき、ネロが　しごとを　おえて　あるいて
いると、みちに　かわいい　人形(にんぎょう)が　おちて　いました。
「そうだ、これを　アロアに　あげよう。」
ネロは、その　よる、アロアの　いえに　いくと、
「おちて　いた　人形(にんぎょう)だけど、きみに　あげるよ。」
と　いって、すぐに　じぶんの　いえに　もどりました。

その　よる。アロアの
いえが　火事に　なりました。
かぞくは　ぶじでしたが、よくあさ　ネロが
かけつけると、アロアの　おとうさんは　いいました。
「おまえは　きのう、わしの　いえの　まえで
うろうろして　いたそうだな。わしの　いえに
火を　つけたのは、おまえだな。」
ネロが　ちがうと　いっても、アロアの
おとうさんは　きいて　くれません。
その　うわさは、町の　人にも　ひろがって、ネロの

しごとは、きゅうに　すくなく　なりました。
ネロの　いえは、ますます　まずしく　なり、
とうとう、おじいさんも　しんで　しまいました。
（ネロ、ぼくが　ずっと　そばに　いますよ。）
パトラッシュは、ネロの　そばに　よりそいます。

さいごの　のぞみ

そんな　とき、ネロは　教会（きょうかい）で　えの　コンクールが
ある　ことを　しりました。コンクールで
ゆうしょうすれば、たくさんの　お金（かね）が　もらえます。

「お金が　あれば、教会の　あの
えも　見る　ことが　できるんだ。」
ネロは、しごとが　おわると、
むちゅうで　えを　かきました。
きりかぶで　休む　おじいさんの
えを　コンクールに　出す　ことに
したのです。
　そして、コンクールの
けっかはっぴょうの　日。教会へ
いくと、ゆうしょうしたのは、

べつの　人が　かいた　えだと　わかりました。
ネロと　パトラッシュは、つかれきって　ふらふらに
なりながら、ゆきみちを
かえります。
すると、パトラッシュが、
ゆきに　うもれた
さいふを　見つけて、
くわえました。
「あっ。これは　アロアの
おとうさんの　ものだ。」

ネロが　とどけに　いくと、
アロアの　おかあさんは、
なみだを　ながして
いいました。
「ありがとう、ネロ。
この　お金が　なければ、
たいへんな　ことに　なって　いたの。」
「さいふを　見つけたのは、パトラッシュです。
この　子を　ここに、おいて　やって　ください。」
ネロは　ドアを　あけると、一人で　ゆきが

ふりつづける　そとへ、出て　いきました。
そこへ、アロアの　おとうさんが　かえって　きました。
そして、おかあさんから　はなしを　きくと、
よろよろと　すわりこんで　しまいました。
「ネロには、ひどい　ことを　した。あした
あやまりに　いって、あの　子を　ひきとろう。」
その　あと、アロアの　いえに　おきゃくさんが
きた、その　すきに、パトラッシュは、さっと　そとへ
とびだしました。

（ネロは、きっと　あそこへ　いったんだ。）
パトラッシュは　教会へ　いくと、えの　まえに
ひざまずく、ネロを　見つけました。
「パトラッシュ、きて　くれたんだね。」
ネロが　パトラッシュを　だきしめた　とき、教会の
まどから　月の　ひかりが　さしこみ、二まいの　えを
てらしました。
えに　かけられた　ぬのは、はずされて　いました。
「わあ、なんて　すてきな　えなんだろう。ぼくたち、
やっと　えを　見る　ことが　できたね。」

ネロと　パトラッシュは、だきあって　目を　とじ、
その　まま　目が　あく　ことは　ありませんでした。
その　かおは、とても　しあわせそうでした。

スイスの 物語（ものがたり）

アルプスの しぜんを あいする、
あかるく むじゃきな 女の子（おんなのこ） ハイジの おはなし。

アルプスの 少女（しょうじょ） ハイジ

原作（げんさく）・ヨハンナ・シュピリ
文・早野美智代 絵・いなとめまきこ

アルプスの　いえ

五さいの　ハイジは、デーテおばさんに　つれられて、
山を　のぼって　きました。
アルプス＊の　山は、お日さまの　ひかりを　あびて、
みどりいろに　ひかって　います。
「おじいさんの　いえは、まだ？」
「もう　すこしよ。がんばって　あるきなさい。」
おとうさんも　おかあさんも　いない　ハイジは、
デーテおばさんに　そだてられました。

＊アルプス…ヨーロッパの　フランス、スイス、イタリア、オーストリアなどに　またがる、大きな　山やま。

けれども、おばさんが　とおい　町(まち)で　あたらしい
しごとを　見(み)つけたので、こんどは、おじいさんに
あずけられるのです。

「おじいさんは、どんな　人(ひと)かなあ。おもしろい
人(ひと)だと　いいなあ。」
ハイジは、はじめて　あう　おじいさんの　ことを
かんがえて　いました。
「さあ、ついたわ。」
おじいさんの　いえは、まわりを　ぐるりと　山(やま)に
かこまれた、なだらかな　ところに　ありました。
「もう　わたしは　いきますから、ハイジの　こと、
よろしくね。」
デーテおばさんが　かえっても、おじいさんは

だまって　いすに　すわった
ままです。

「ずいぶん、ひげもじゃだわ。
ふふふふ。」

ハイジが　くすくす
わらうと、おじいさんは
しずかに、いえの　中を
ゆびさしました。さっそく
入って　いって　見まわすと、
すみに　はしごが　ありました。

上がって　みると、そこは　小さな　へやでした。
ほし草の　ベッドは　ふかふかで、小さな　まるい

まどからは、ずっと　下の　たにまで　見下ろせます。
ハイジは、この　へやが、一目で　すきに
なりました。
「わあ。わたし、ここを　じぶんの　へやに　したい！
おじいさん　いいかしら？」
おじいさんは　だまって　こくりと　うなずきます。

にもつを　かたづけると、おじいさんは、ヤギの
ミルクを、ハイジに　のませて　くれました。
「まあ、こんな　おいしい　ミルク、はじめて！」

パンは　くろくて
かたいけど、ヤギの　チーズと
いっしょに　たべると、
さいこうの　あじが　しました。
「わたし、おじいさんの　いえの
子に　なって、よかった！」
ハイジは、そう　いって、
おじいさんに　だきつきました。
「そうか　そうか、あははは。」
ながい　一人ぐらしで、わらう

ことを　わすれて　いた　おじいさんも、ハイジの
たのしそうな　ようすを　見て、おもわず　わらって
しまいました。

ペーターと　おばあさん

しばらくすると、ハイジには、ペーターと　いう
ともだちが　できました。
ペーターは、ハイジより　すこし　年が　上で、
ヤギの　せわを　する　しごとを　して　います。
「おーい、ハイジ、いくよ！」

よく　はれた　日(ひ)には、
あさに　なると、ペーターが
むかえに　きました。
山(やま)の　上(うえ)で、ヤギたちが　草(くさ)を
たべて　いる　あいだ、ペーターと
おしゃべりしたり、あそんだり　します。
おべんとうを　たべる　ときは、ペーターが
しぼった　ヤギの　ミルクを　のみました。
まわりには、花(はな)が　さきみだれ、
気(き)もちの　いい　かぜも　ふいて　います。

かえる　ころには、夕やけで
空が　まっ赤に　そまりました。

ペーターの　いえには、目が
見えない　おばあさんが　います。
ハイジは、おばあさんに、
たくさん　おしゃべりしました。
「あのね、山で　花を　つんだの。
その　あいだに、子ヤギが、
いわから　おちそうに　なったの。」

「それからね、こんど
おじいさんが、わたしに
木の　いすを　つくって
くれるんですって。
たのしみだわ！」
おばあさんは、うなずきながら、
うれしそうに　きいて　います。
「あんたの　はなしを　きいて　いると、こっちまで
たのしく　なる。しあわせな　気ぶんに　なるよ。」
夕がたに　なると、おじいさんが　むかえに　きて、

ハイジを　もうふに　くるんで、つれて　かえるのでした。
たのしい　くらしを　つづける　うちに、ハイジは
八さいに　なりました。

おやしきでの　くらし

ある　日、デーテおばさんが、やって　きました。

「いま　はたらいて　いる　いえの、しんせきの
おじょうさんが、ともだちを　ほしがってるの。

ハイジ、町へ　いきますよ。」

「いやよ、おじいさんと　いっしょに　いたいの！」

ハイジは、おじいさんに　だきつきました。
けれども、おじいさんは、ハイジを　そっと
おしやりました。
「町で　くらすのも、おまえの　ために　なるだろう。」
ハイジは、おばさんに　つれられて　山を
下りました。ついたのは、大きくて、りっぱな
おやしきでした。
「この　子が　ハイジです。ハイジ、ほら、
クララおじょうさんだよ。」
おばさんは　そう　いうと、かえって　いきました。

クララは、車いすに
すわって　いました。
生まれつき　足が
わるくて、
あるけないのです。
「ハイジって、いい
お名まえね。」
クララの　やさしい
ことばで、ハイジは
やっと　ほほえみました。

おじいさんと　わかれて、　かなしくて
たまらなかったのです。

「ハイジが　きて　くれて、　うれしいわ。」

ハイジも、　やさしく　しんせつな
クララが、　大すきに　なりました。

クララと　いっしょに、　おしゃべりや　べんきょうを
して、　きれいな　ふくに、　ごうかな　ごちそう……。
おやしきでの　くらしは、　すてきな　ものでした。

ただ　一つ、　ハイジの　にが手な　ことが　ありました。

それは、ロッテンマイアと　いう　おせわがかりが、
ハイジを　見(み)る　たびに　いう　おこごとです。
「おぎょうぎよく　しなくては、いけませんよ。
ここは、山(やま)の　くらしでは
ないのですからね。」
ハイジは、そう
いわれる　たびに、
からだが　ぎゅっと
かたく　なるような
気(き)が　しました。

だんだん　ハイジは、げん気が　なくなって　きました。
「おじいさんや　ペーターは、どう　してるかなあ。」
目を　つぶると、アルプスの　山や　おじいさんの
かおが　うかびます。
「山に　かえりたい……。」
そんな　ある　よるの　こと。
「きゃあ〜、おばけ！」
ロッテンマイアさんが、さけびました。いえの　中を
白い　ものが、ふわふわと　あるきまわって　いるのです。
あかりを　つけて　みると、それは、白い　ねまきを

きて、ぼんやりと　立って
いる　ハイジでした。
「わたし、どうして　ここに
いるのかしら……。」
「この　子は　こころの
びょう気だ。山に
かえった　ほうが　いい。」
ハイジを　みて、
おいしゃさまは　そう
いいました。

「わかれるのは　つらいけど、しかたが　ないわ。」

クララは、さみしい　気もちを　こらえました。

「わたし、ハイジに　あいに　いくわ。」

「きっとね。まってるわ。」

ハイジ　山へ　かえる

ハイジが　山へ　かえると、おじいさんは　大よろこび。
「やはり　おまえの　いない　くらしは、かんがえられん。」
ハイジを　見ながら、しみじみと　いいます。
「ああ、わたし、かえって　きたのね。」

ハイジは、山の　空気を　すいこみました。

そして、にっこり　わらって　いいました。

「おじいさん、ヤギの　ミルクが　のみたいわ。」

もとの　くらしに　もどると、ハイジは　すっかりげん気を　とりもどしました。

しばらく　すると、山の　あんない人に　つれられて、クララが　山へ　やって　きました。

「クララ！」

かけよって　きた　ハイジを、クララは　しっかりとだきとめました。

「あいたかったわ。」

「やくそく、まもったでしょ。」

クララとの　たのしい　山（やま）の　くらしの　はじまりです。

ハイジは、ペーターと　いっしょに　車（くるま）いすを
おして、クララを　どこにでも　つれて　いきます。

ヤギたちを　ながめたり、のはらで　花（はな）を　つんだり。

「ハイジが　はなして　くれた　とおりの　ところね。」

青白（あおじろ）かった　クララの　ほほも、だんだんと
バラいろに　かわって　きました。

「ハイジと　いっしょに、もっと　いろんな　ところに

いきたいわ。」

「じゃあ、クララ、あるく　れんしゅうを　しましょう！」

そして、ある　日の　こと。

「クララ、ほら　ここに、きれいな　花が　あるわ。」

すると、クララは、一人で　車いすから　立ちあがり、ハイジの　ほうへ、あるきはじめたのです。

三ぽくらいで　ころんで　しまいましたが、じぶんの足で　あるいたのです。

「やったあ！　クララ、あるけたわ！」

「うれしいわ。
ハイジの　おかげよ。」
ハイジと　クララの
かおは、アルプスの
空のように、
かがやいて　います。
それを　見る
おじいさんと
ペーターも、
うれしそうでした。

この本をよんだあとで

時代をこえて読みつがれる物語のおもしろさ

千葉経済大学短期大学部こども学科教授　横山洋子

外国がぶたいのお話、日本とは少しちがう風けいや、いしょうも楽しいですね。この本でとりあげた六つのお話は、長い間、人びとに読みつがれてきました。それは、おもしろいからです。おもしろくなければ、だれも読まなくなりますよね。どんなに時間がたって生活がかわったとしても、よい作品はわたしたちをそのせかいへつれていき、目の前でおこっていることのようにリアルに体けんさせてくれます。ドキドキし、はらはらし、はげしく心をゆさぶられるのです。すきになったお話について、友だちに教えてあげてください。きっとあなたと同じように心ゆさぶられ、その体けんを楽しく語りあえるでしょう。

さいしょのお話は**「そんごくう」**でした。中国のお話で、おしゃかさまも登場しましたね。石から生まれたパワフルなサル。あなたの近くにも、にた人がいるかもしれません。そんごくうは、さまざまなばけものを、ちえとゆう気でこうさんさせていきます。「三蔵法師をまもらなければ」という強い気もちと、やさしさもかんじとれますね。インドまでの長いたび。だんだんと、心もせい長するようすがうれしいお話です。

二つめの**「みつばちマーヤ」**は、ドイツのお話。外のせかいがあまりにすばらしく、おしろへ帰らず、ぼうけんするマーヤ。クモのすやスズメバチなどのきけんにもあいますが、たすけてあげたコガネムシにすくわれたり、みつばちのおしろをまもるために力をつくしたりして、切りぬけます。女王さまにも心からあやまったマーヤは、りっぱですね。読んだあとには、虫たちのせかいをもっとのぞいてみたくなったことでしょう。

三つめは**「シンドバットのぼうけん」**。イラク共和国など中東のお話です。頭にまくターバンは、ほうたいではありませんよ。あせをおさえたり、頭をあつさやさむさからまもったりするそうです。この本では、七つのぼうけんのうち、二つのお話をとりあげました。しまだと思ってたき火をしたら、クジラのせ中だったとは！　ダイヤモンドがおちている谷と、大きな鳥！　せかいには、びっくりするようなお話があるものです。

四つめは**「オズのまほうつかい」**。アメリカのこのお話には、こせいゆたかなキャラクターが、大ぜい出てきます。それぞれほしいものがあり、それがないことがけっ点だと思っています。でも、ドロシーとたびをすることで、それらを自分の力で手に入れるのです。あなたは、まほうのくつがあったら、どこへ行きますか？　カンザス？　エメラルドのみやこ？　むかしの時代や、みらいのせかいへも行けるかもしれませんね。

五つめの**「フランダースの犬」**は、イギリスの作家が、ベルギーをぶたいに書いたお話です。ネロがここまで生きてこられたのは、パトラッシュがそばにいてくれたからでしょう。言葉でなくさめてくれるわけではありませんが、いつもネロを思い、よりそっていました。ネロも、パトラッシュの気もちをよくわかっていました。一人と一ぴきが、ささえあって生きてきたことが、しみじみとつたわります。

六つめの**「アルプスの少女ハイジ」**は、スイスのお話。明るくてやさしいハイジは、まわりの人をしあわせにするふしぎな力をもっています。気むずかしいおじいさんも、ペーターも、ペーターのおばあさんも、楽しい気もちになるのです。そんなハイジも、町のくらしには、なじめませんでした。自ぜんにはそれほど大きな力があるのですね。クララが歩けるようになったのは、自ぜんの力と、ハイジやまわりの人のあいがあったからでしょう。

監修　横山洋子（千葉経済大学短期大学部こども学科教授）
表紙絵　いとうみき
装丁・本文デザイン　株式会社マーグラ（香山大）
編集協力　勝家順子　入澤宣幸（物語のとびら）　上埜真紀子
DTP　株式会社アド・クレール

よみとく10分
はじめて読む がいこくの物語 1年生

2024年3月5日　第1刷発行

発行人　土屋 徹
編集人　芳賀靖彦
企画編集　宮田知佳　井上 茜
発行所　株式会社Gakken
〒141-8416 東京都品川区西五反田 2-11-8
印刷所　TOPPAN 株式会社

※本書は、『名作よんでよんで みんなの世界名作 15話』（2015年刊）の文章を、
読者学齢に応じて加筆修正し掲載しています。

この本に関する各種お問い合わせ先
- 本の内容については、下記サイトのお問い合わせフォームよりお願いします。
https://www.corp-gakken.co.jp/contact/
- 在庫については　Tel 03-6431-1197（販売部）
- 不良品（落丁・乱丁）については　Tel 0570-000577
学研業務センター　〒354-0045 埼玉県入間郡三芳町上富 279-1
- 上記以外のお問い合わせは　Tel 0570-056-710（学研グループ総合案内）

学研グループの書籍・雑誌についての新刊情報・詳細情報は、下記をご覧ください。
学研出版サイト　https://hon.gakken.jp/

ここからは、本の　うしろから　よんでね。

そんごくう めいろ

＜物語のとびら ④＞の こたえ

オズの まほうつかい ならべかえクイズ

＜物語のとびら ⑦＞の こたえ

ウ → イ → ア → エ

ハイジ クイズ＜物語のとびら ⑨＞の こたえ

1. イ　2. イ　3. ウ

ハイジ クイズ

うつくしい しぜんが ぶたいの おはなしだったね。
ばめんを おもいだしながら、クイズに ちょうせんしよう。

1. ハイジの へやの まどの かたちは？

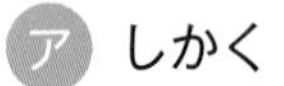

ア しかく　イ まる　ウ さんかく

2. ペーターが せわを して いたのは？

ア ウシ　イ ヤギ　ウ ヒツジ

3. クララが 立ちあがり、見ようと したのは？

ア 空　イ 山　ウ 花

こたえは 物語のとびら ⑩ へ

パトラッシュの せりふを かんがえよう！

ネロと パトラッシュは、とても なかよしだったね。
もし パトラッシュが はなせたら、なんて いったかな。

ネロが、川(かわ)の 水(みず)を のませて
くれた とき。

ネロと いっしょに
はたらいて いる とき。

アロアの おとうさんが、
ネロを うたがった とき。

ネロが パトラッシュを アロアの
いえに おいて いった とき。

オズの　まほうつかい　ならべかえクイズ

ドロシーたちは　ふしぎな　たびを　したね。
ア～エを　おはなしの　じゅんに　ならべかえよう。

ア　にしの　まじょを
たおす。

イ　たびの　なかまに
であう。

ウ　たつまきで　いえが
とばされる。

エ　ぎんの　くつを
うちならす。

こたえは　物語のとびら ⑩ へ

きみが シンドバッド なら どう する?

ロックの　足(あし)に　からだを　くくりつけて、むじんとうから出(で)た　シンドバッド。きみなら　どう　するかな？

みつばちの ひみつ

マーヤは　りっぱに　みつばちの　おしろを
まもったね。みつばちって　どんな　はちかな。

はね　4まいの　うすい　はね。

しょっかく
においや
おんどを
かんじるよ。

はり
メスだけが
もつ。ふだんは
からだに
おさまって
いるよ。

口
ストローのように、
みつを　のみこんで
はこぶんだ。

©PIXTA

うしろ足　からだに　ついた　花ふんを　あつめて、
だんごに　して　はこぶよ。

スズメバチと 大きさくらべ

はたらきばち どうしで
くらべると、スズメバチは
みつばちの 2～3ばい
くらい　大きい。

そんごくう めいろ

インドを めざした そんごくうたち。おはなしの
できごとを じゅんに とおって、ゴールまで いこう！

こたえは 物語のとびら ⑩ へ

【 かきかたの れい 】

だいめい フランダースの 犬

さくしゃ ウィーダ

よんだ 日 20xx 年●月▲日

かんそう

アロアの おとうさんは、ネロが びんぼうだから、

いっしょに あそぶのは けしからん、と

いったので、ひどいと おもった。

それに、火事も ネロの せいに した。

それなのに ネロは おこらないし、

ひろった さいふを とどけに いった。

わたしは、ネロは とても

やさしいと おもった。

おすすめ度 ★★★★★

どくしょノートを　かいて　みよう！

おはなしを　よんだら、わすれない　うちに、
どくしょノートを　かいて　みよう。

本の　ことに　ついて　まとめよう！

だいめいと　さくしゃ、よんだ　日を　きろくしましょう。
あとで　見た　ときに　わかるように、
おはなしの　だいめいは　正かくに　かきましょう。

かんそうを　かこう！

かんそうは、ひとこと　だけでも
だいじょうぶです。
こころに　のこった　ばめんを、
えに　かいても　いいですね。

つかう　ノートは、
どんな　ものでも　いいよ。
すきな　ノートを
つかおう。

どのくらい　おすすめ？

おもしろかった　おはなしは　ほかの
人にも　しょうかいして　みましょう。
すごく　おすすめなら、★５つ。
すこしだけ　おすすめなら、★１つ。
ほしを　かいて、あらわしましょう。

物語のとびら

いろいろな　おはなしが　あったね。
おはなしの　せかいを
もっと　たのしもう!

絵・サトウコウタ